Um presente para sempre

1ª reimpressão

COLEÇÃO ODISSEIA

Olavo Romano

Um presente para sempre

Ilustrações Euzébio Silveira

16ª edição

CARAVANA
GRUPO EDITORIAL
Belo Horizonte • 2020

Coordenação editorial: Leonardo Costaneto
Revisão: Olavo Romano
Ilustrações: Euzébio Silveira
Editoração eletrônica e capa: Poliana Guimarães

Caravana Grupo Editorial
www.caravanagrupoeditorial.com.br
caravanagrupoeditorial@gmail.com
Fone: 55 31 975765982
www.facebook.com/caravanagrupoeditorial
@caravanagrupoeditorial

Catalogação na Publicação (CIP)

R759 Romano, Olavo, 1938-
Um presente para sempre / Olavo Romano ; [ilustrações Euzébio Silveira]. – Belo Horizonte : Odisseia, 2020.
46 p. : il. p&b.

ISBN 978-65-5061-029-6

1. Ficção brasileira - Conto I. Silveira, Euzébio II. Título

CDD: B869.35

Bibliotecária responsável: Cleide A. Fernandes CRB6/2334

Para meus sobrinhos,
que sempre me ensinam.

O ano, mesmo, eu não lembro não. Nem minha idade, direito. Devia estar no segundo primário. Ou terceiro. Por causa do bilhete.

O pai ia viajar. Então, mais que depressa, escrevi ao Geraldo Marcos e José Tarcísio perguntando se dava pra me mandar um casal de pombos, que eu queria começar minha criação. Podiam aproveitar o caminhão do leite, era mais fácil.

Pedi cuidado na hora de escolher, pra não virem dois machos. Ou duas fêmeas. Senão, gorava meu plano.

A Mônica trabalhava na cooperativa, bateu o bilhete, direitinho. Até botou "Urgente", em vermelho, e ainda grifou.

Na tia Mandica tinha um pássaro preto criado na mão. Andava pela casa toda, completamente sem medo. De gato ou de gente. Pousava no rabo do fogão, na mesona da cozinha, no ombro de um, na cabeça de outro, o pessoal às vezes até perdia a paciência. Mas era mansinho assim porque foi criado ali, acostumado com todo mundo. Como se tia Mandica fosse a mãe, tio Josias o pai, os meninos fazendo parte da família dele. Eu queria um pombo criado igual o pass'o preto, desde pequenininho. Aí ele acostumava, ficava meu amigo. Então não tinha dúvida. Por isso a ideia do bilhete.

Nessa época o pai não dirigia mais o caminhão, já tinha posto motorista. Mas fiscalizava, preparava as encomendas, olhava tudo, tintim por tintim. Vivia atualizando a caderneta onde anotava o valor dos fornecimentos – ração, remédio, inseticida, vacina, até cigarro e pão – pra acertar no fim do mês, quando a Nestlé pagasse.

A linha de leite (ou só "a linha", como a gente usava falar) foi o principal serviço dele durante muitos anos. Folga, só uma vez por ano, na Sexta-feira da Paixão. Nesse dia, antigamente, o pessoal da roça não fazia nada. Muitos nem pentear o cabelo, penteavam. Falavam baixinho, pisavam de leve, era proibido correr ou gritar. Os adultos jejuavam. Quando o relógio da parede batia três horas, minha avó falava, dum jeito muito respeitoso e com ar de grande pena: "Tão crucificando Nosso Senhor". Às vezes o tempo fechava, sinal de que a natureza estava triste.

Nas fazendas, ninguém ia fazer queijo, requeijão, desnatar, essas coisas, era pecado. Nem jogar fora ou dar pros porcos, mais pecado ainda. Aí, muita gente saía buscando leite, porque o caminhão também não passava. Família grande, cada um ia para um lado, levando cabaças, latinhas de todo tipo, maneira de render a coleta. Perigo de desarranjo, piriri, de tanto comer doce. Ou de briga, pra ver se fazia doce de leite (mole ou de cortar), arroz-doce, pé de moleque, cada um com seu palpite, uma campanha até chegar num acordo. Acontecia de quebrar a cabaça, o freguês perdia a viagem; ou de lata apresentar furo, ser preciso tapar com cera de abelha, chumaço de algodão, qualquer coisa que aparecesse. Perguntei ao meu avô por que aquele costume, ele respondeu, seco: "É o preceito. Não vende leite, dá". Fiquei do mesmo tamanho, sem saber o que era preceito.

Então, eu ia dizendo, meu pai tinha folga, a única do ano. No mais, o batido era feio. Levantava de madrugada, ainda escuro, saía pelas estradas de terra, chovesse ou fizesse sol. Pegava as latas cheias, entregava as vazias. Conversava, pedia notícia das pessoas, sabia da vida de cada um, os negócios, as doenças, manias e preferências. Às vezes nem apeava. Em alguns lugares só chegava até o barracão. Noutros o ponto era na beira da estrada, longe da sede da fazenda, vinha um empregado, um filho do dono, alguém trazendo o leite a cavalo. Tinha o lugar certo do almoço, pequeno repouso, prosa mais descansada. Aí, seguia. Entregava e recebia encomendas, tudo anotado, cada coisa registrada, assentamento dos gastos e acertos. De vez em quando perdia a paciência, reclamava. Mas as pessoas gostavam muito dele. Tanto que, entre afilhados de casamento e de batismo, tem quase duzentos. Uma senhora disse uma coisa que, acho, foi o maior elogio que ele já recebeu. Ela propôs: "O governo devia fazer uma lei pra uma pessoa como o Sô Cláudio poder ter quantas mulheres quisesse, maneira de espalhar a raça. Porque vou te contar: homem bom feito esse, é difícil!".

O leite era vendido pra Nestlé, que pagava no fim do mês. Então, tudo era anotado na tal caderneta; quando o pessoal recebia, acertava as encomendas. Costumava acontecer umas coisas engraçadas. O caso da Lili, por exemplo. Ela morava na Chapada e estava começando a costurar pro pessoal da região. Vinha no ponto de leite e fazia as encomendas: tanto de tira-bordada, sinhaninha, ponto russo, elástico de tal cor e largura, não sei quantos retroses, carretéis de linha número tal etc. De vez em quando aparecia pra acertar, porque o negócio dela não tinha nada a ver com o leite. Mas, também aí, quase não corria dinheiro. O pai olhava o assentamento na caderneta, via quanto dava, ela começava:

— Então, tá aqui três dúzias e meia de ovos...

— E esse ovo, Lili, é fresco mesmo? Olha lá, hein? – duvidava o pai, regateando.

— Que que é isso, Sô Cláudio? E eu ia trazer ovo velho pro senhor?

— Tá bom. O que mais? Laranja? Quanto cê tem aí?

— É um cento. Campista, legítima. De primeira!

O pai pegava o saco de laranja, dava uma olhada, entregava pro ajudante, que, naquele tempo, era o Mônico. Depois, virava pra Lili:

— Que mais? Banana?

— É. Dois cacho. Prata, apanhada de vez, quase madurando. Especial.

— Cê contou?

— Contei não. O senhor vê, o que der é isso mesmo.

— E o que que é isso aí, nesse balainho?

— Ah, é serra-d'água. Doce feito mel! Quatro dúzia. Interessa? Vou entregar direto pro Mônico.

— Pode. Ô Mônico, pega essa laranja, despeja e devolve o balaio pra ela. – Depois, virando pra Lili: — E esse frango aí, deixa eu ver.

Ela ia dizer uma coisa, mas o pai, já meio apressado, muito chão pra rodar, pega o frango pelas pernas, balança duas, três vezes, sente o peso e fala, desdenhando, aquela tática de negociante:

— Ah, Lili, esse frango nem cresceu ainda, é pouco mais que um pinto. Quanto cê tá pedindo nele?

— Não, esse eu tô é dando. É pro senhor mais a Dona Aparecida comer domingo. Repara não...

Morto de vergonha, o pai não tinha onde botar a cara. Nem desculpa ele pediu. Agradeceu, arrancou o caminhão e saiu levantando poeira.

Com o recado já pronto, batido à máquina no maior capricho, fui conferir com a mãe. Perguntei despistado, como se fosse uma curiosidade à toa, coisa sem importância:

— E a viagem do pai, ele vai mesmo?

—Vai sim.

— A mala tá pronta?

— Por quê? Você tem alguma encomenda?

— Não. É só pra saber.

Ela estava ocupada, me olhou meio de lado, rápido, acho que não desconfiou de nada.

Então, antes de deitar, botei o bilhete no meio das coisas que o Zé Peão ia levar no outro dia: linha, botão e sinhaninha da Lili; um remédio e o dinheiro do Seu João Américo; um bilhete sobre aluguel de pasto, um recado pro Tião Caté separar as vacas, que o comprador ia ver no outro dia; o papel rascunho da tia Mariquinha e as pilhas da

Dona Rosa. Dona Rosa, seguindo o conselho do Zé Bétio no programa de rádio dele, exigia sempre: "A legítima. Se não tiver o retrato do gato, não serve".

Pus o bilhete no meio das coisas e fui deitar, todo feliz.

Custei a dormir. Fiquei pensando na minha criação, um bando grande, pombo de toda cor, morando no telhado. De manhã, a gente acordava com aquele barulho deles, meio roncando, meio cantado, saindo do fundo do peito: jaú, jaú, baco-baco-buuu...

E quando começasse a chocar? Aí era preciso construir um pombal, alto e bonito feito o do Seu Teodósio. Mas não tinha problema. O quintal era grande, espaço é que não faltava.

Outra coisa: será que pombo adoecia? Precisava aprender a tratar deles, saber se usava vacinar, dar vitamina, essas coisas. Ah, mas isso tinha tempo. E, também, sempre aparece alguém pra ajudar, dar explicações, passar experiência. O importante era começar. Ter o primeiro filhote nascido em casa, criado na mão, acostumado, virando amigo. Igual o pass'o preto da tia Mandica.

Dormi querendo sonhar com eles.

Mas não sonhei. De manhã, levei o maior susto: a mala do pai continuava no mesmo lugar. A mãe falou que ele gostava de deixar tudo pronto com folga, evitava afobação na hora de sair, perigo de esquecer alguma coisa importante. Só ia para Belo Horizonte de tardinha. Lá pegava o avião. Não sei por quê, tive um pressentimento ruim.

Quando o pai chegou, foi logo falando:

— Olha, Claudinho. Peguei seu bilhete e tem uma coisa que vou deixar clara. De uma vez por todas. Esse negócio de criar pombo, eu não vou consentir não. De jeito nenhum.

Eu calado, ele falando. Muito sério, me olhando nos olhos. Gesticulando, a voz mudava de tom, saía espremida, meio desafinada. Continuou:

— Vou explicar o porquê. Dá piolho, tira telha do lugar, atenta a vizinhança. E eu não quero desavença com vizinho por causa de pombo não.

Fez uma pausa, limpou a garganta, depois continuou o sermão:

— Tem outra coisa. Produzem muito depressa, logo vira um inferno.

Ele falando em inferno e eu imaginando o contrário, a beleza que ia ser o dia que pudesse ver a revoada dos meus próprios pombos, todo mundo olhando pro céu, admirando, os meninos com inveja e eu, todo orgulhoso, fingindo não ligar.

Mas meu sonho não durou nem uma noite. Acabava ali. Eu conhecia bem o pai, sabia que não adiantava insistir.

Vendo a minha cara, ele mudou de tom:

— Agora, se quiser, posso combinar com o Teodósio, aí você vai, olha o pombal, vê como é que funciona, e tal. Mas com uma condição: nada de criação aqui. Interessa assim?

Como ele mesmo gostava de falar, "do saco as embiras; da embira, um pedaço". Quer dizer, não tendo jeito de começar minha criação, ia ver a do Seu Teodósio, era melhor do que nada. Aceitei.

Mas aceitei porque não havia outro remédio. Não era de hoje que eu vinha com aquele plano secreto. Raiva do pai eu não podia ter, diz que é pecado. Agora, gostar eu não gostei não. Nem um pouquinho.

Tinha passado um bom tempo remoendo. Sonhava

com a minha criação, com o dia que pudesse ver minha própria revoada, as asas rodando feito papa-vento, aquele barulho que só os pombos sabem fazer, as voltas no céu, cada hora numa direção. Impressionante como eles iam longe, sumiam de vista, quase desapareciam. Mas, no fim, acabavam voltando, todos juntos.

Sempre que eu ia na linha de leite, ficava esperando chegar o ponto do Seu Teodósio. Só pra ver a revoada. Depois que o caminhão parava, o motor já desligado, eles vinham. Pousavam no capô, no toldo, bebiam água na tampa das latas. Dava vontade de pegar, mas eu preferia ficar quieto, só olhando. Zé Peão já sabia, encostava bem debaixo do pombal.

Eu queria subir, ver o ninho, reparar lá dentro. Era alto demais, não dava. Jogava milho na carroceria, no meio das latas, quem sabe eles vinham, algum engastalhava, eu levava pra casa, era o começo de tudo. Mas nunca dava certo.

Daí a ideia de pedir um casal e, despistado, principiar minha criação. O pai descobriu o bilhete, meu plano foi por água abaixo. O jeito, agora, era eu me contentar com a visita.

Afinal, foi o recado. Seu Teodósio mandou falar que podia ir a hora que quisesse, era um prazer, essas coisas.

Marquei o dia, mandei avisar.

Pra não ir sozinho, convidei o Rodolfo. Ele é filho de criação da tia Mandica e estava sempre lá em casa. Principalmente quando a mãe fazia "peixinho". Não era peixe de verdade não. Era chuchu cortado fininho, passado no fubá e frito na gordura bem quente. Ele gostava muito, comia até não poder mais. Eu avisava, ele dava um jeito de aparecer a tempo do almoço. E também me chamava quando tia Mandica fazia feijão de caroço, quer dizer, em vez de amassar com aquela estrela de lata presa num cabo de madeira, usava a colher de ferro pra ir esmigalhando o feijão, esfregando contra a panela. Antes de botar água, ele tirava uma pelota, já bem refogado, aquele cheiro gostoso de alho, a gente comia com a melhor boca do mundo.

O caminhão saía às quatro e meia. Rodolfo foi dormir lá em casa. A gente já tinha combinado antes, ele arrumou linha pra fazer arapuca, canivete, bodoque, até polvilho cismou de levar.

— Às vezes é preciso preparar o grude, não custa prevenir – justificou.

— Acho bobagem, lá na fazenda a gente arranja – falei.

— Mais vale prevenir do que remediar – rematou, com um provérbio.

Ele fincou pé, acabou levando.

Era sempre assim. Sendo mais velho três anos, acabava prevalecendo o que o Rodolfo queria. Aquilo às vezes me chateava. Mas tinha uma vantagem: me livrava de ficar pensando no que precisava providenciar.

Uma coisa que ele nunca esquecia era o espelhinho de bolso, com estampa de Nossa Senhora Aparecida nas costas. Era lembrança de uma visita da tia Mandica a Aparecida do Norte. Muita gente preferia com escudo de time de futebol, outros gostavam mais com retrato de mulher pelada.

Ele não dispensava o espelhinho de jeito nenhum. O banheiro do Seu Teodósio tinha sido feito depois, ficava adiante da cozinha e o Rodolfo, meio vaidoso, não queria atravessar a casa toda, de manhã cedo, com o cabelo sem pentear.

Preparei minha sacola de viagem, botei umas roupas, mais três maços de cigarro pro Seu Teodósio e os filhos dele – o Geraldo Marcos e o José Tarcísio. E um pacote de bala pra Dona Dalva. De madrugada fazia frio. Coloquei também um agasalho.

De noite ficamos conversando, fazendo planos. Aí Rodolfo teve uma dúvida:

— E se a gente perder a hora?

— Tem perigo não, a mãe chama.

— É, mas já pensou?

O pessoal jogava, em geral, até bem tarde. Às vezes era buraco, com morto (ou biriba), canastra, sequência, vulnerabilidade, essas coisas. Outra hora era truco, aquela gritaria, gente trepando na cadeira, dando murro na mesa, quem ouvisse de longe pensava que era briga:

— Saracura, bicho feio, tem cabelo no *juêio*! Truco! – berrava um.

— Seis! Toma seis, ladrão de milho! – respondia outro.

—É, botina, quanto mais velha, mais fina – gritava um terceiro.

Rodolfo propôs:

— A gente podia ficar vendo o jogo, quando acabasse dava um jeito de empurrar o resto da noite sem dormir. Acho melhor não arriscar. Que cê acha?

Meio na dúvida, concordei. Quase sempre eu concordava.

O sono começou a apertar, fez um sinal com o dedo, fui atrás dele pro banheiro. Ele disse:

— É só molhar o rosto e deixar sem enxugar. Aí, não tem perigo.

O sono apertou de novo, então eu lembrei:

— Quando o pessoal fica jogando, toda hora toma um café. É desculpa de boca de pito, mas o café serve mesmo é pra não dormir.

Na cozinha, cada um encheu sua xícara, virou de uma vez. O café, conservado na garrafa térmica, estava pelando e sapecou nossa língua.

— Ah, então é por isso que tira sono? – falei, como quem faz uma descoberta.

Rodolfo concordou, pelo menos até começar a cochilar.

— E agora, comé que vai ser? – perguntei.

Ele, gangorrando o corpo já sem controle, nem respondeu.

— A mãe costuma falar em segurar as pálpebras com pau de fósforo...

— Ah? – resmungou Rodolfo, meio zonzo.

— Pau de fósforo! – repeti.

— Pra quê, pra levar amanhã?

— Não, sô, pra segurar as pálpebras.

Ele abriu os olhos, como se estivesse chegando de longe, pensou, pensou, então disse:

— E se alguém acender?

Desistimos.

No relógio da parede, faltavam cinco para meia-noite. Mas, na roça, o Zezinho, meu primo, garante que é diferente. Diz que na Serra, por exemplo, as porteiras abrem sozinhas, o gado assusta, espanta, começa a berrar, estoura. Olhando, assim, ninguém vê nada. Mas é como se tivesse alguma coisa assombrando. Quando a gente ia dormir lá, dava um medão danado. O jeito era cobrir a cabeça com o lençol.

— Se abrir os olhos, não tem perigo: não enxerga

nada! – ensinava o Zezinho, experiente.

Meio com medo, mas mortos de sono, eu e Rodolfo fomos dormir, mesmo arriscando perder a hora.

Acordamos com o barulho do caminhão. Pela fresta da janela, vimos que ainda estava escuro. Naquela preguiça, deu vontade de desistir. Mas aí já era tarde, ainda mais depois de combinado pelo pai.

Levantamos correndo, saímos sem café.

O Zé Peão tinha reservado a cabina. A cabina era boa, naquela hora, por causa do sono e do frio. Depois, o sono já espantado, eu gostava de subir pra carroceria. De lá a gente podia ver o sol nascer, o dia amanhecendo. Ter uma vista melhor, sentir o vento no cabelo, apreciar a natureza.

A primeira parada foi em Morro do Ferro, na casa do Seu João Américo. A casa fica na rua principal, bem subida, que atravessa o arraial. Zé Peão entregou as encomendas e um bilhete do pai, acho que falando de ração. Pediram notícia do pessoal. Dona Maria, cabeça bem branca, aquele jeito de avó, esperava com café cheiroso, acabado de coar.

— Cuidado, que tá quente – avisou.

— É bom pra acordar – cochichou o Rodolfo, lembrando a conversa da noite passada. Depois olhou pra mim, a gente riu.

— Que foi? – indagou Dona Maria.

— Nada não. Bobagem dele, à toa – despistei.

Dona Maria deixou pra lá. Pediu notícia do tio Josias, da tia Mandica, e mandou a gente comer. Nem precisava: tanto biscoito, pão de queijo, broa de fubá... Seu João, escutando pouco, as mãos tremendo sem parar, por causa da doença, custava a acompanhar a conversa. Os olhos vagavam de um lado para o outro, mas ele parecia distante, coitado.

Depois do café, uma esticada até a porta da rua. No bar, do outro lado, Nelson convidou:

— Vamos chegar, beber um cafezinho.

— Brigado, outra hora. Vou ali na Dona Lurdinha.

A desculpa de cumprimentar Dona Lurdinha, saber notícia, era puro golpe pra ganhar pastel, canudo de doce de leite. Tudo meio corrido, aflitivo, medo de não dar tempo, logo o Zé Peão buzinava, chamando.

Em cada ponto, uma parada. Troca de lata vazia por lata cheia, entrega e recebimento de encomenda, algum recado, resumido, pedido de notícia ou informação. Depois, mais poeira, mais chão. Comparando com o povo da roça, que ia a cavalo, alguns a pé, o caminhão voava.

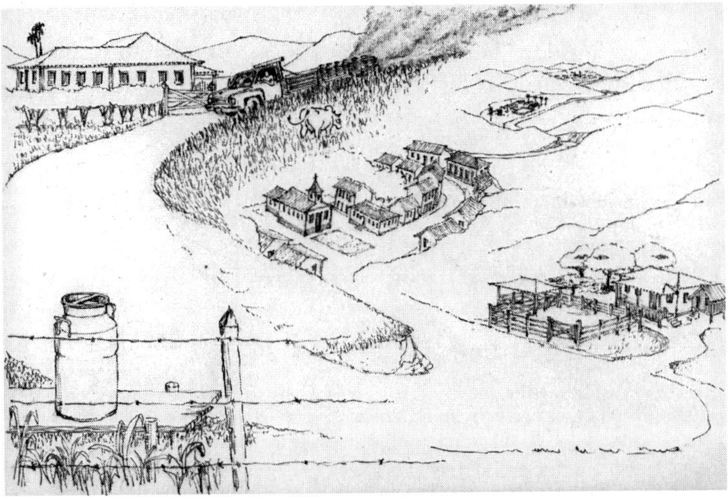

Num dos pontos, subiu um rapaz de olho embaçado. Rodolfo, sempre arranjando explicação pra tudo, disse que tinha sido castigo. Ele foi matar um beija-flor, a pedra voltou e furou o olho.

Não esqueço Seu Sebastião Firmino. Preto retinto, alto e alegre, os dentes até brilhavam de tão brancos. Rodolfo, pra variar, inventou a historinha dele. Diz que Seu Sebastião tinha os dentes brancos assim porque areava com cinza. De tanto arear, ele próprio foi escurecendo, escurecendo, até ficar naquele pretume. Mas o melhor dele era a risada, vindo lá de dentro, estrondando cá fora que nem uma cachoeira, de longe escutava.

No tio Nhonhô a gente nem parou. Foi a conta de pegar o leite, entregar os rascunhos da tia Mariquinha, mandar lembrança e ir embora. Tia Mariquinha gostava de novidades. Guardava o nome de cada pessoa da nossa família, perguntava pelos que moravam fora, os tios tortos e as tias, lembrava o nome até das crianças que iam nascendo, queria saber as gracinhas que faziam, detalhe de tudo, da vida de todos. Adorava conversar, mas era completamente surda. Então, ela perguntava uma coisa, a pessoa escrevia a resposta numa lousa com um lápis duro, de pedra, ela lia e esticava a prosa. Quando a lousa quebrou, a gente passou a levar papel rascunho, uma folha com um lado em branco, onde se escrevia. Lá era bom ficar com calma. Pescar, armar laço de saracura, jogar pelada no campinho da terra de arroz, passarinho de tudo quanto era qualidade, dos que vivem no brejo e no mato. E chupar lima de bico, o pé debruçando no rego d'água, apanhar fruta-do-conde e cajá – uns conhecem como tomate de árvore –, próprio pra misturar na comida, tingindo tudo de vermelho arroxeado, aquele gosto azedinho, danado de bom. A família acordava muito cedo, ainda escuro; às nove e pouco, almoçavam. No primeiro dia a gente estranhava. Depois entrava no eixo, acostumava, tinha fome cedo também.

Distraído, nem percebo que já dá pra avistar a fazenda. Barracão, curral, paiol, as benfeitorias todas. E, é claro, o pombal. Na chegada, peço ao Zé Peão pra buzinar. Não é aviso, que de longe, pelo barulho do motor, o pessoal sabe. Nem precisa. Só do caminhão ir chegando eles vão ficando espantados, inquietos. De repente, aquele estrondo. Saem de uma vez, em formação, igualzinho uma esquadrilha. Parece ensaiado.

O pessoal vem receber a gente. Seu Teodósio, Geraldo Marcos, José Tarcísio. Dona Dalva espera na porta, reparando. Todos com um jeito legal. Perguntam pelo pai, a mãe, a Rogéria, por que que ela não veio também. Dou os cigarros e o pacote de balas. Vamos entrando. Dona Dalva mostra nosso quarto. Guardamos as coisas e ficamos por ali, fazendo hora.

O almoço é a maior fartura. Um monte de variedade, tempero super gostoso, a gente come até não poder mais. Barriga quase estourando, ainda tem doce de leite, queijo, banana, leite com angu. Angu feito no fogão a lenha, fubá de moinho d'água, milho escolhido. Tudo a maior delícia. E eles preocupados, querendo agradar: repara não, é comidinha simples, caseira...

Depois do almoço a gente senta no alpendre, jiboiando. Naquela paradeira, só canto de passarinho, galinha cacarejando, uma ninhada de pintinho atrás. O sol, subindo, a preguiça aumenta. De repente não dá pra aguentar.

— Não querem dar uma cochilada? Levantaram cedo, com certeza estão cansados – sugere Dona Dalva, aquele jeito tranquilo dela.

Foi sopa no mel.

A gente indo pro quarto, Seu Teodósio vem chegando:

— Cês ficam aí à vontade, eu mais a Dalva vamos num casamento em São Tiago, de tardinha tamos de volta.

Damos uma boa dormida. Quando acordamos, não vemos ninguém. Xodó, a empregada, sopra arroz no terreiro. Ela diz que os meninos – é como ela chama os filhos do patrão – estão no pasto, os camaradas devem andar por aí, fazendo algum serviço, cuidando da obrigação.

É impressionante como junta passarinho no farelo de arroz. Canarinho cabeça-de-fogo, rolinha – carijó e marrom caldo de feijão –, tico-tico, até algum mais arisco toma coragem e vem chegando também. É bonito reparar neles, ali, pertinho, misturados com as galinhas, os pintos, como se fossem criação também.

Rodolfo, muito observador, pergunta:

— Viu, Claudinho, o jeito de cada um andar? O tico-tico pula, miudinho; o sabiá, olha li adiante, dá um pulo grande; já o bem-te-vi e a rolinha andam trocando um pé de cada vez, igual galinha.

— Será por quê?

— Sei não. Mas é engraçado, né mesmo?

Eu nunca tinha reparado naquilo. Fico distraído, esqueço da vida.

— Cê tá pensando no mesmo que eu? – indaga Rodolfo, me interrompendo.

— Hein?

—Acorda, sô! Perguntei se ocê tá pensando no mesmo que eu. Mas já vi que não.

— Qual é o plano?

— Aproveitar que não tem ninguém, só a empregada...

Ele fala e vai saindo. Vou atrás, mesmo sem entender direito. Mas não dou o braço a torcer.

— Será cadê a escada? – pergunta ele, meio falando sozinho.

Procuramos até não poder mais. Com muito custo, achamos, escondida debaixo do paiol. Danada de comprida, dá o maior trabalho carregar. Principalmente com aquela preocupação de ninguém ver. Mas conseguimos.

— E se chegar alguém? – pergunto.

— Deixa de ser cagão, sô. Tem perigo não.

Colocar a escada na posição, bem em frente ao pombal, é a maior peleja. No fim, Rodolfo segura, eu subo. Ele fala:

— Se tiver filhote, cê pega, tá?

— E o que que a gente vai fazer com ele?

— Levar pra casa, uai! Não é pra começar sua criação?

— Mas o pai não proibiu? Acha que sou doido?

— Ah, rapaz, inventa alguma coisa. Diz que ganhou, eles te deram, teve de trazer, uma desculpa qualquer.

— Sei lá, acho que assim não vai dar certo não.

Eu lá quase no alto, a porteira bate. Geraldo Marcos e José Tarcísio vêm gritando, preocupados:

— Cuidado, Claudinho, cê cai daí – diz um.

— Minha Nossa Senhora! – fala o outro.

Levo o maior susto, Rodolfo também.

Geraldo Marcos vem na frente, de galope. Apeia feito um raio. Fingindo tranquilidade, comanda:

— Fica calmo e vai descendo. Devagarinho. Assim.

E, virando pro Rodolfo:

— Deixa, que eu firmo a escada.

José Tarcísio, ainda assustado, fala:

— Sagrado Coração de Jesus. Que perigo, gente! Imagina se esse troço desliza. Uma altura dessas, nem é bom pensar.

Acabo de descer, Geraldo Marcos pega a escada e leva de volta pra debaixo do paiol. Vendo minha falta de graça, promete:

— Depois, quando der, eu seguro pr'ocê subir.

E vai ajudar na tiração de leite da tarde, que o João Carijó já tinha chegado com as vacas. São mais de setecentos litros por dia, em duas tiradas. Me chamam, oferecem leito quente. Eu não gosto, mas fico sem jeito de recusar. Botam açúcar moreno, acho pior ainda. Sem muita escolha, bebo quase tudo. No fim, o fundo da caneca cheio de açúcar, acabo não dando conta.

Quando Dona Dalva e Seu Teodósio chegam do casamento, ficam sabendo do caso da escada, falam que é muito perigoso, que não precisava ter corrido tanto risco.

— Se ocê queria ter pombo em casa, por que não mandou um recado, a gente providenciava um casal pra começar a criação.

— Quem sabe o pai dele não gosta? – diz Dona Dalva, adivinhando.

Faço de desentendido, não conto que o pai proibia. E foi bom porque Seu Teodósio vira para os filhos e manda:

— Amanhã, uma hora de folga qualquer, segura a escada pro menino subir. Mas cuidado, viu, que é perigoso demais.

— É, eu até já tinha prometido mesmo, né, Claudinho? – informa o Geraldo Marcos.

A gente ainda sai zanzando pela horta. Procurando fruta, reparando nos passarinhos, vendo se tem ninho. Rodolfo tinha pensado em fazer arapuca, mas acaba desistindo. Acha melhor de outra vez, com mais tempo. Laço de saracura também é complicado. Tem de cevar, quer dizer, botar milho muitos dias seguidos, até elas acostumarem.

Aí faz uma espécie de cercadinho de pau em pé, um palmo mais ou menos sobrando pra cima do chão. Tem de ser perto de uma vara que envergue. Na ponta dela, amarra um barbante forte e faz um laço em volta do cercadinho, com milho dentro. Quando a saracura vem comer, desarma o laço, a vara estica, o bicho morre enforcado. Elas aparecem de tardinha, sempre no mesmo lugar, com um pouco de prazo não tem erro. Mas o pessoal era capaz de não gostar. Então, desistimos disso também.

Andamos pelo quintal, pisando bem de leve pra não espantar os passarinhos. É uma beleza a variedade deles. De cor, tamanho, canto e jeito de voar. Em silêncio, debaixo duma laranjeira grande, dá pra reparar sem ser notado. Rodolfo mostra como toda planta busca o sol. O bambu, a bilosca, o cedro, o melão-de-São-Caetano, o raminho mais sem-vergonha. Mesmo tendo de entortar, fazer o maior esforço. Água-terra-luz-ar: sem isso nenhuma planta é capaz de viver. E elas sabem. Distraídos, nem vemos o tempo passar.

Quando assustamos, Dona Dalva está chamando pra jantar. Aquele farturão outra vez, tanta coisa que é um custo escolher. Na sobremesa, um problema: Dona Dalva oferece coalhada. Eu detesto, mas fico com vergonha de falar. Quando vejo, já colocou.

— É bom. De gosto e pra saúde. Experimenta.

Vai falando e pondo açúcar moreno. Provo uma colherada, o negócio roda na boca, parece que está crescendo, nada de descer. É horrível. Acho uma coisa dura. Passo a língua, penso num tatuzinho. Daqueles que andam na terra, no jardim, e, quando a gente mexe com ele, encolhe todo, igual uma bola. Pelo gosto é uma pedra de açúcar. Com muito custo, engulo. Acho que não vou conseguir continuar. Dona Dalva nota meu aperto e acaba me salvando:

— Se não quiser comer, não precisa. Pode deixar.

Deixo.

Depois da janta, ajudo a tratar dos porcos. Dona Dalva fecha as galinhas, confere se a ninhada está protegida.

— É por causa dos bichos, de noite.

— Que bicho tem mais aqui?

— Ah, gambá, raposa, às vezes uma lontra.

— E onça?

— Onça já é mais difícil. Também, elas são ariscas, não costumam chegar perto das casas não.

— E lobo, tem?

— Ficam mais pra longe também.

Os meninos guardam os enxergões, João Carijó dá uma olhada no barracão, nos bezerros pequenos.

Então todo mundo vai pro alpendre e fica conversando.

O sol baixa, vermelho, no meio do mormaço.

Os passarinhos cantam pra todo lado.

— Tão despedindo do dia – fala Carijó.

No bambu, a juriti; mais longe, a trocal; na capoeira, o nhambu, macho e fêmea, ela piando curto, ele repicando; tristes todos dois; o casal de joão-de-barro pousa no jacarandá, perto da casinha deles. Cantam, alegres, tremendo as asas, sacudindo o corpo todo. No brejo, a saracura se denuncia:

— Quebrei três potes, três potes, três potes!

No eucalipto, do galho mais alto, o pass'o preto responde:

— Eu ranco e finco e finco e finco!

Ou, como costumavam falar os pretos velhos das fazendas de antigamente:

— Se eu fosse branco, eu fazia e acontecia. Como eu sou preto, carrapicho, carrapicho, carrapicho...

Difícil era saber quem estava cantando: se o pássaro preto ou se o próprio preto velho.

— Cada passarinho canta sempre no mesmo lugar – observa José Tarcísio.

— É pra marcar o pedaço dele – completa Carijó.

Um gavião passa voando, perseguido por um casal de rebita-rabo.

— Vai ver, comeu o filhote deles. Ou, pelo menos, bebeu os ovos.

— É a lei da natureza.

— O que é a lei da natureza? – pergunto, com pena do rebita-rabo.

Carijó responde:

— Uai, o sapo come o inseto, a cobra come o sapo, a seriema come a cobra, assim por diante. Ou a galinha como o cupim, a minhoca, mas é comida pelo lobo, a onça, o gambá, a lontra, a raposa, por exemplo.

Por isso Dona Dalva fechava com tanto cuidado a porta do galinheiro, conferia se a ninhada estava completa e protegida.

— E tem aquele ditado, né Carijó, do urubu – lembra Seu Teodósio.

— Qual?

— É mais uma adivinhação do que um ditado – acha José Tarcísio.

— "Branco de nascença, preto por natureza; a morte pra ele é alegria, a vida é tristeza." Entendeu, Claudinho?

— Mais ou menos.

— Porque o urubu nasce branco, você sabe. Pois é:

"branco de nascença, preto por natureza".

— E come carniça – eu falo.

— Isso mesmo. Então, a morte pra ele é alegria. Se não morre bicho nenhum, fica sem ter o que comer.

Os bichos vão parando de cantar. Agora só o pássaro preto.

— É o último.

— Canta bonito toda vida – acho.

— Precisa ver a matinada. Aí é que é bonito de verdade. Ele é o primeiro. Canta umas três vezes, cada hora num lugar, avisando. Então, entram os outros todos, juntinhos, como se fosse ensaiado.

— Parece uma orquestra – compara Seu Teodósio.

O sol acaba de esconder. Agora, é quase um silêncio só. No alpendre, a conversa continua, mas perde a animação.

— Andei correndo o tapume hoje, vai ter de cortar moirão novo pra botar na divisa – relata o Geraldo Marcos.

— É, mas precisa esperar a virada da lua. Madeira tirada em lua clara não presta não. Caruncha – lembra o pai.

Essa é a hora pior na roça. Me dá uma tristeza, uma falta de não sei quê, arrependo de ter vindo. Mesmo quando acendem as lamparinas, fica triste, esquisito. Tudo por causa dessa mania de pombo, de criação.

O pessoal fala da seca, das queimadas, espera sinal de chuva pra começar a aração. Comentam sobre círculo na lua, direção do vento, cantiga de sabiá e zoeira de macaco bugio.

— É sinal, tem muito. Agora, chuva, mesmo, que é bom, nada... – lamentam.

Faz calor, o serão é sem quentar fogo. Nem tem mais contador de história, como dizem que era antigamente.

Casos de assombração, fantasma, alma penada, mula sem cabeça. Ou de príncipe, princesa e madrasta. A criançada morrendo de sono, aquele medão danado, mas nunca dava o braço a torcer. Queria saber de todas as peripécias, esperar pra ver como terminava. No fim, sempre tinha uma festa, um casamento, o contador vinha com um balaio cheio de doce, caía na pinguela, ia tudo por água abaixo. Assim, pelo menos, é como me contaram que terminavam as histórias de antigamente.

A conversa é sobre trabalho. Do dia e do dia seguinte. O tempo. Perguntam umas coisas do pai, dos negócios dele, da cidade. Dona Dalva pode notícia da vovó Dete, dos tios que moram fora, um por um. Lembrando do vovô Nonô, falam dele com muita amizade. Das brincadeiras que fazia, piadas que inventava.

Cada hora um assunto, conversa puxa conversa, todo mundo junto, sem afobação nem correria, só empurrando o tempo. Isso é que é gostoso no serão.

Enquanto conversam, a bacia vai passando, o pessoal lavando os pés, preparando pra deitar. Dona Dalva, da despensa pra cozinha, arruma as quitandas, atiça o fogo, vai passar o último café do dia.

José Tarcísio pergunta:

— Cê conhece, Claudinho, o caso do Jorge Mascate?

— Conheço não.

— O Jorge era um turco que varava esse mundo aí mascateando. Jacaré, Chapada, Espadilha, Carapuça... Um dia, chegou nos Romeiros, e gritou, da porteira do curral: "Bode entra?". Geraldo Vieira, gozador como ele só, respondeu: "Ó, Jorge, ocê entra; o bode fica de fora". Só pra chatear o infeliz, por causa do sotaque. Mas eu queria falar era outra coisa. Um dia o Jorge calculou mal, chegou na fazenda onde ia pousar, o povo já tinha jantado. Sem liberdade pra pedir comida, deixou o tempo passar e, mesmo doido de fome, teve de esperar o serão.

— E aí?

— No serão, cada um contava um caso (como a gente aqui, agora), toda raça de papeata e novidade e o Jorge lá, estômago nas costas. Comida, que é bom, nada.

— Puxa vida!

— A dona da casa trouxe a bacia, sabão, toalha, botou do lado. Movimento de café, biscoito, essas coisas, neca... Aí, tomou coragem, calçou a cara e pergunto, fazendo de bobo: "Lava os pé cum istamo vazio num fazerá mal não, Sá Donana?"

— Falar nisso – lembra o Geraldo Marcos –, tem aquela do Bento Moreira. Devia ser, assim, mês de setembro. Ele tinha passado o dia limpando a soca, a palhada de milho. Juntava as canas de milho, as folhas, amontoava tudo, sentava fogo. Quando desse sinal de chuva, era só meter o arado, plantava outra vez. De tardinha, depois da janta, todo mundo conversando no alpendre, ele foi desdobrando a barra da calça, ia caindo um terrãozinho, um graveto pequeno, um cisco. Ele fazendo aquilo, distraído, passou a mão nas canelas empoeiradas, olhou bem a sujeira e falou, suspirando fundo: "Vida triste de roceiro... Ter de esperar o sábado pra poder tomar banho...".

— E que dia era isso?

— Ah, era uma terça, quarta-feira. Já imaginou?

Colocaram a bacia perto de mim, com toalha e sabão. Água quentinha, esperta. Lavo os pés, depois Rodolfo lava também.

Dona Dalva passa o café, aquele cheiro mais gostoso, perfumado.

— Tá bom de açúcar ou, quem sabe, cê quer colocar mais?

Provo. O café tá no ponto. Dispenso o açúcar.

Lembro um caso que me contaram, acontecido pros lados de Prados, Resende Costa, Carandaí, aquelas bandas. Da pessoa que provou o café e comentou: "Popô no pô pó, não popô no pô doce...". Acham graça, perguntam como é que é mesmo. Repito bem depressa, todo mundo tentando acompanhar, é aquela correria: popô-no-popó, não-popô-no-podoce...

Não é o caso do café da Dona Dalva, bom de pó e de doce. Não poupou nada.

— Igual o peito do padre Pedro – diz ela.

— Como é que é esse? – pergunta Rodolfo, curioso.

— O peito do padre Pedro Pereira é preto.

— E dos mafagafo, né, Dalva? – diz Seu Teodósio.

— Num ninho de mafagafos, dez mafagafinhos há; quem os desmafagafizar, bom desmafagafizador será.

Mesmo sem muita vontade, a gente come biscoito,

broa de fubá, prova cada tipo de quitanda. Pura gula, só pra não perder a ocasião.

Desmafagafizando o peito preto do padre Pedro, todo mundo se diverte, tropeça nas palavras, trava língua até quase dar nó. Aí começam as adivinhações, tipo "o que é, o que é". Então, o sono vem chegando, o assunto vai morrendo.

Cada um pega sua lamparina e vai deitar, que o trabalho no outro dia começa antes de o sol nascer.

A cama é cheirosa. No frio, Dona Dalva costuma colocar duas colchas de lã, grossas, feitas no tear. Daquelas que pesam e esquentam muito. Como é tempo de calor, uma só chega.

Apagamos a lamparina e ficamos escutando os barulhos. Um cachorro latindo, um sapo coaxando, outros respondendo lá longe, pererecas de entremeio. Depois outros mais, diferentes, fazendo um coro, a rã dando o tom. De vez em quando uma coruja pia pra cima do barracão. Dizem que é mau agouro. Agora, um curiango. O cachorro late de novo. Os grilos não sossegam.

Seguro o sono. Rodolfo também.

— Cê acha que a gente aguenta?

— Sei não. Deu oito e meia, ainda falta muito...

— Será que à meia-noite abre porteira mesmo, como diz o Zezinho?

— Duvido. Pra mim, é conversa fiada dele, contação de vantagem.

— Mas já pensou? Devia ser a maior bagunça: vaca misturando com bezerro, no outro dia nem tinha leite pra tirar.

— É mesmo.

Ficamos de ouvido em pé, esperando o sinal das porteiras abrindo sozinhas. No serão, tive vontade de perguntar, mas fiquei com vergonha. Se não fosse, eu fazia papel de bobo, depois iam rir de mim.

A cabeceira da cama, engraçado, me dá impressão de já ter sido porta de despensa. Acho que na roça as coisas são mais difíceis, precisa aproveitar tudo. Aí uma porta vira cabeceira de cama. Mas Rodolfo diz que tem madeira de sobra, é só chamar um serrador, depois o carpinteiro faz o resto.

Quando o sono começa a chegar de verdade, estou pensando nos passarinhos, no canto e na cor deles, nos bichos do mato na "lei da natureza", nas plantas procurando a luz. Quero acordar a tempo de ouvir a matinada, o grito da seriema. Ele é forte, alegre e repicado, às vezes parece um cachorrinho latindo.

Lembro da fazenda do tio Teninho. Ele tem é duas fazendas, uma encostada na outra. A primeira chama "Boi Parido". Muita gente não entende, uns acham graça, aprontam gozação. Mas ele explica que é por causa de uma frase do Guimarães Rosa, falando da sorte das pessoas: "Pra uns, as vacas morrem; pra outros, até boi pega a parir".

A segunda fazenda chama "Leões", por causa do sobrenome dos antigos donos, solteirões, filhos de Seu Valeriano Leão. Mesmo depois de velhos, eram conhecidos como "os moços do Sô Valeriano". Igual à Biluca, Loló e Marianinha, primas da minha bisavó. Marianinha, a caçula, já tinha mais de 50 anos e, ainda assim, as três eram chamadas, na família, de "as meninas do tio Antoninho".

Nos "Leões", acharam um ninho de seriema e levaram um filhote para casa. Ou chocaram um ovo em galinha da fazenda, acho. A serieminha foi criada comendo minhoca, resto de comida, tudo que as galinhas costumavam comer.

Cresceu ali, no terreiro, mas todo dia, quando escutava o canto da mãe verdadeira, lá no pasto, desassossegava. Levantava a cabeça, espiando cada hora pra um lado, aquela indecisão, acabava cantando também. Aí o bando ia chegando, chegando. Ela subia pros lados do barracão, trepava no monte de lenha, ficava esperando. Da ninhada de irmãos, só um largava o bando e caminhava em direção a "Bilu" – este o nome que puseram nela. Mas não tinha coragem de chegar perto. Nem ela largava a casa, o terreiro, pra ir embora com o bando. Todo dia, no mesmo horário, a cena repetia. Não sei como acabou a história.

Só sei que uma galinha-d'angola tinha chocado no mato e apareceu com uma carreira de filhotes, aquela beleza. Saía ciscando, procurando comida, ensinando a ninhada a se defender. Uma hora, quando a "família" já ia voltando pra casa, a mãe na frente, os filhotes acompanhando em fila indiana, aconteceu uma coisa estranha. No fim da fila veio a Bilu. Veio e comeu o filhote mais de trás, o último. Comeu o último, o penúltimo, já ia dando em cima de um terceiro. Dona Maria gritou, xingou, tentando salvar os outros. Sabe o que aconteceu? A Bilu e a angola-mãe, juntas, avançaram nela, foi preciso vir gente, acudir. Até hoje a pobre da Dona Maria não conseguiu entender aquilo. Nem eu.

Antes de pegar no sono, outra dúvida: como será um ninho de mafagafos?

Acordo com o sol já alto, as vacas berrando, os bezerros respondendo, aquele movimento de curral. A tiração de leite está quase no fim.

Vou lá dentro, bebo café depressa, corro pro barracão. Sempre detestei leite quente, mas acho ótimo esse cheiro de estrume fresco, vaca remoendo, bezerro mamando até espojar.

Fico reparando no João Carijó, preto retinto, alegre igual Seu Sebastião Firmino. No jeito dele lidar com criação, sempre conversando com elas, alisando, acalmando as mais bravas, mais nervosas. Esperando a hora certa de começar a tirar o leite, depois de o bezerro ter mamado, amaciado os peitos da vaca.

João Carijó com aquele ar de rapazinho, o pessoal sempre provocando, fazendo brincadeira, levo o maior susto quando descubro que ele é casado e tem um punhado de filhos. Agora, susto mesmo é saber que é filho de Dona Vicentina, lavadeira da vovó Dete. Nunca tinha imaginado...

Olhando o Galikan, esqueço do mundo. Um baita marruco gir vermelho e branco, cupim até meio tombado de tão grande, orelhão caído, barbela quase arrastando no chão, Galikan é o rei da fazenda. E da região. Comprado do Zé Roquinho, famoso criador de Bom Sucesso, custou mais do que cinquenta vacas.

— Ele é bravo, pega?

— Que nada! Mansinho de tudo. Quer montar?

Quero, mas tenho medo. Geraldo Marcos alisa a testa do boi, o pescoço, a anca. João Carijó conversa, dá um tapinha. Aí Zé Tarcísio me pega, de supetão, me bota no lombo do bicho. De tão grande, de tão gordo que ele é, quase não dou conta, fico de perna aberta. Na hora, levo um susto danado, medo dele espantar, me jogar no chão. Mas o bichão nem pisca. Pego no cupim dele, aquela montanha de carne e nervo. De vez em quando ele dá um tremorzinho, a conta de espantar as varejeiras. Só. Eu ali, todo mundo me olhando, começo a ficar sem graça. Então, peço pra me descerem.

Mas é uma sensação que nunca vou esquecer.

Apeio do boi, o Geraldo Marcos me faz um sinal e fala:

— Peraí.

Vai pro paiol, volta com a escada.

— Promessa é dívida, né mesmo?

Bota a ponta da escada lá no alto, dá uma sacudida pra ver se está bem firme, aí me chama, fazendo um gesto com a cabeça:

— Pronto, agora pode subir. Sem medo.

Subo, degrau por degrau, bem devagar. De cima, vou vendo o pessoal, lá embaixo, diminuir; a copa das árvores, o telhado do barracão ficando perto, depois afastando, eu superior a tudo em volta. Naquelas alturas, sou quase um rei. Ou um passarinho.

O pombal é como uma porção de casinhas amontoadas, igual um prédio de apartamentos. Quando chego perto, umas pombas voam, assustadas. Custo a enxergar lá dentro, por causa da escuridão.

De baixo, Rodolfo pergunta:

— Tem ovo?

— Não sei ainda não. Acho que tem.

— Quantos?

— Peraí. Neste, aqui, tem três.

— Se quiser, pode pegar! – deixa Geraldo Marcos.

De repente, tudo é possível outra vez. Questão de saber esperar. O ovo está logo ali. Dentro dele, escondido, o meu primeiro pombo. É só esticar o braço e pegar.

Vagarosamente, dirijo a mão para o ninho e pego o maior dos três.

— Conseguiu? – perguntam, gritando, lá embaixo.

— Consegui! – respondo, na maior alegria, já começando a descer.

Todo cuidado é pouco. O ovo na mão direita, aquela dificuldade pra firmar com a esquerda, o pé adivinhando o degrau só pelo tato e pelo cálculo da distância.

Agora, o chão chegando perto, outra vez a terra firme. O ovo, a vida, o começo do plano ali comigo.

— Cuidado! Desce com calma – avisa o Geraldo Marcos, parecendo um irmão mais velho.

Cuidado eu bem que tenho e até dobrado. Mas calma, como é que posso ter, o ovo na mão, coração batendo feito tambor?

João Carijó tinha acabado de soltar as vacas, vem chegando, interessado. Eu ali, segurando o ovo, queria saber por que aquele apelido dele. Como carijó, se ele é até retinto? Só se for carijó de preto. Mas cadê a parte branca? Com certeza deve ser alguma brincadeira, um tipo de sacanagem com ele. Só pode ser.

Todo mundo quer ver o ovo, reparar na cor, nas pintas, no tamanho.

Carijó pega nele, fica admirando:

—Eta bruto, hein, sô! E tá quentinho ainda.

O pessoal ali, comentando, de cara boa, a gente vai andando, entrando em casa. O almoço cheirando na cozinha, é a conta de arrumar as coisas, daí a pouco Seu Paulo Silveira chega. Ele é filho do tio Nhonhô, tinha vindo de véspera, combinou de me pegar às dez, dez e pouco.

Quando o carro aponta eu já estou pronto, Rodolfo também. Além da sacola, levo banana, verdura e uns ovos que Dona Dalva está mandando. Ah, o mais importante: na mão esquerda, com todo cuidado, o ovo.

Na hora de colocar as coisas no carro, Seu Paulo olha pra minha mão, fechada, e pergunta:

— Que que houve com a sua mão?

— Nada não, uai! – respondo, tentando despistar.

— Que que é isso aí? – insiste.

— Nada não. Coisa à toa.

— Coisa à toa, sô. Mostra! Pode mostrar.

Apertado, abro a mão.

— É um ovo, ó.

— Que que ocê vai fazer com ele?

— Levar pra casa.

— Chocar?

— Capaz – respondo, como se não tivesse pensado naquilo antes.

— Mas só choca no calor da mãe.

"Posso arrumar uma fêmea emprestada, coloco o ovo no ninho, depois pego o filhote", imagino. Mas ele, como se adivinhasse meu pensamento, fala:

— Não adianta. Ovo sacudido, gora. É trabalho perdido.

Vendo que eu não desisto, usa um argumento que sou obrigado a aceitar:

— O pior é que se isso quebra no caminho, suja o carro, faz a maior meleca! Melhor deixar aí.

Fico imaginando como é que um ovinho daquele pode fazer a maior meleca no carro. Mas, como diz o ditado, quem está na garupa, não manda a rédea. Eu mesmo tinha dispensado o caminhão, preferido o conforto do carro. Com isso, mais uma vez meu plano falha.

E agora? Voltar com o ovo pro ninho não adianta. Eu tinha posto a mão nele, muita gente pegou. Com certeza a pomba desconfiava, não ia querer saber dele. Ainda mais todo sacudido...

Seu Paulo falou em calor. Tinha reparado no giro do sol e lembrei que ele batia muito tempo numa pedrona, com um fundinho, que fica na entrada da casa de creme. Pego o ovo, corro lá, ajeito bem no tal fundinho, peço o João Carijó pra tomar conta, mandar notícia de alguma novidade pelo caminhão.

Despeço do pessoal, agradeço, entro no carro com Rodolfo e vou embora. Seu Teodósio, Dona Dalva, Geraldo Marcos e José Tarcísio mandam lembrança pro povo lá de casa, pra vovó Dete, falam pra gente voltar logo. Abanam a mão, dando adeus. Carijó também, os dentes brilhando na cara preta.

O tempo passou, não me mandaram nenhum recado, acabei esquecendo do ovo. Também, naquela pedra, ele nunca ia chocar mesmo. Mas isso eu só descobri depois.

Um dia, o pai tinha uns negócios pra resolver no Jacaré, ia passar no Seu Teodósio, me convidou pra ir junto. Não precisou chamar duas vezes.

No caminho, fui lembrando dos pombos, do meu projeto, de tudo que tinha aprendido da outra vez. Achei que não valia a pena insistir, o pai não ia deixar mesmo. Mas era bom voltar lá. Sem saber por quê, adivinhava que alguma coisa importante, muito especial, estava pra acontecer comigo.

Encontramos o pessoal na maior lufa-lufa. Uma vaca estava pra parir, mas o bezerro tinha virado na barriga dela. Foi aquela trabalheira. Afinal, depois de muita peleja, conseguiram desvirar. Quando nasceu – um mestiço enorme, castanho, a cara do Galikan – foi uma alegria enorme.

Carijó tirou a placenta (ele chama de "madre"), que tinha ficado presa. Acompanhei o trabalho dele bem de perto, tentando aprender.

— Tem que livrar a madre, senão é perigoso – explicou.

— O que que acontece se não tirar?

— Dá febre, inflama, pode perder a rês.

A vaca ficou andando em volta, cheirando, cheirando o bezerro, todo molhado ainda. Aí lambeu ele todo, bem devagar, limpando, enxugando.

— Sabia que é assim que ela conhece o filho? Se uma vaca pare durante uma viagem e o pessoal não quer atrasar, separa a vaca do bezerro, não deixa a mãe lamber o filho – disse Seu Teodósio.

Achei bonito saber que a vaca conhece o filhote com a língua. Por isso, quando alguém fica doido com alguma coisa sua, usam falar que está "lambendo a cria". Quer dizer, sentindo, tomando contato, conhecendo de verdade. Descobrindo. Des-cobrindo.

Terminado o serviço, João Carijó me fez um sinal, eu fui atrás. No paiol, pegou uma espiga de milho, seguiu pro curral. Lá ele mandou:

— Agacha aí e fica bem quietinho.

Obedeci, mesmo sem entender direito. Ele ia debulhando milho e jogando no chão. Eu, ali, agachado. Esperando.

De repente foi aquele barulhão, os pombos todos chegando, amontoando em volta, nem conhecimento da gente eles tomaram.

Carijó, sem mexer um fio de cabelo, fala comigo, baixinho:

— Presta atenção agora.

De repente, dá um bote, pega um pombo!

Eu ainda surpreso com sua rapidez, ele vira pra mim e diz:

— Toma, Claudinho. Segura.

E vai me entregando o pombo. Ele vê minha dúvida:

— Não precisa ter medo. É só ficar calmo – explica.

O pombo está super aflito. O coração dele bate, disparado, na ponta dos meus dedos. Meu coração também, pra todo lado, testa latejando, calor no rosto. Difícil saber qual de nós está mais assustado.

— Acalma. Passa a mão nele, alisa ele – manda Carijó.

"Igual à vaca", penso. Lambendo a cria. Descobrindo, sossegando. Esquecendo aflições. Parando. Reparando.

Então, posso re-parar melhor. O sol, batendo nas penas, as cores mudando com o movimento do pombo e do sol. Azul, roxo, verde, tudo brilhando, modificando.

O pombo é arco-íris furta-cor. Reflete as cores, todas, do sol.

Depois, nós dois já mais calmos, vejo como ele é quente. Quente e macio.

João Carijó, calado, assistindo. Achando bom. Bom e bonito. Demais. O que fica é isto: colorido, quente, macio.

O pai chamou pra ir embora. Ainda fiz uma horinha, jeito de render aquela sensação: eu, o pombo, Carijó. Ele, padrinho. De um encontro inesquecível, uma beleza para sempre.

Pai chamou de novo. Levar o pombo, não podia.

Nem precisava.

Abri as mãos. Abri mão: soltei.

Soltei, mas não perdi de vista.

Despedi do pessoal sem parar de ver o pombo no pombal. O pai achou ruim, ralhou comigo:

— Presta atenção, meu filho! Despede direito, agradece.

Mas o que é que eu podia fazer?

Quando o carro ia saindo, o bando voou. Pedi ao pai pra esperar. Só um pouquinho. Ele lá, eu aqui. Ele no bando, eu com meu pai, indo pra casa, pra minha família, meus amigos e colegas. O meu bando. Mas agora era diferente.

Imaginava ele vendo as coisas lá de cima. Muito mais do que a gente pode avistar do alto de uma escada. E era como se eu visse com os olhos dele.

Voando alto. Livre. Feliz.

Reparei bem no azul do céu. No cheiro do manacá. Do estrume fresco, ainda quente. Olhei as mangueiras carregadas de flor, balançando com o vento. Nas grimpas, um passarinho parecia falar comigo: "Bem te vi! Bem te vi!".

Senti uma coisa nova, bonita, que, na hora, não sabia definir. Mas que nunca vou esquecer.

Hoje, lembrando aquele dia, acho que sei melhor o que senti.

Era como se o mundo acabasse de ser criado. E eu visse tudo pela primeira vez.

Como testemunha de um grande milagre.

Este livro foi impresso pela Help Book,
em papel Cartão Triplex 250g/m^2 para a capa
e papel Pólen Soft 80g/m^2 para o miolo,
usando tipo Garamond, em Araruama, RJ,
em abril de 2022, ano em que a
Bienal Mineira do Livro homenageia
Olavo Romano, Editor Sênior da Caravana.